AF326128

Collection de feu M. H.erz

Tableaux Modernes

OBJETS D'ART

ET D'AMEUBLEMENT

TABLEAUX MODERNES

Objets d'Art et d'Ameublement

ANCIENNES PORCELAINES DE CHINE

CONDITIONS DE LA VENTE

Elle sera faite au comptant.

Les adjudicataires paieront *dix pour cent* en sus des enchères.

L'exposition mettant le public à même de se rendre compte de la nature et de l'état des objets, aucune réclamation ne sera admise une fois l'adjudication prononcée.

Paris. — Imp. Georges Petit, 12, rue Godot-de-Mauroi. — 17536-07

CATALOGUE

DES

Tableaux Modernes

AQUARELLES & DESSINS

PAR

JULES DUPRÉ, ISABEY, CHARLES JACQUE, JONGKIND
TASSAERT, ETC.

Objets d'Art & d'Ameublement

ANCIENNES PORCELAINES DE CHINE

Orfèvrerie Allemande des XVIIe & XVIIIe siècles

PENDULES, MEUBLES, TAPISSERIES

Composant la Collection de feu M. H...

ET DONT LA VENTE AURA LIEU A PARIS

HOTEL DROUOT, SALLE N° 6

Le Vendredi 10 Mai 1907, à 2 heures 1/2

COMMISSAIRE-PRISEUR

M^c PAUL CHEVALLIER, 10, rue Grange-Batelière.

EXPERTS

Pour les Tableaux :

MM. DURAND-RUEL
16, rue Laffitte, 16

Pour les Objets d'art :

MM. MANNHEIM
7, rue Saint-Georges, 7

EXPOSITIONS

PARTICULIÈRE : Le Mercredi 8 Mai 1907, de 1 h. 1/2 à 5 h. 1/2
PUBLIQUE : Le Jeudi 9 Mai 1907, de 1 h. 1/2 à 5 h. 1/2

Tableaux Modernes

DELPY

(H.-C.)

I — *Bords de rivière ; soleil couchant.*

A gauche, sous les peupliers élancés dominant la berge d'une rivière où se reflètent les rayons du soleil couchant, une jeune paysanne en bonnet blanc se tient debout. appuyée à un arbre. tandis que sa compagne est assise à côté d'elle.

A droite de la rivière, un canot. monté par un homme, va accoster près d'un bouquet de saules et de peupliers.

Au fond, sur la colline qui s'élève vers la droite, une maison flanquée d'une tourelle.

Ciel bleu, dont l'intense clarté est atténuée vers l'horizon par les brumes du soir.

Signé à gauche et daté : *H.-C. Delpy, 91.*

Panneau. Haut., 1 m. 15; larg., 85 cent.

DUPRÉ

(JULES)

1812-1889

2 — *La Chaumière.*

Abritée par les branches touffues de deux grands chênes, une chaumière occupe le bord d'une mare dont la berge est couverte de quelques touffes de plantes aquatiques. La façade de l'humble demeure que vient éclairer un rayon de soleil reflète dans l'eau les blancs éclatants de ses murs crépis.

A droite, une prairie est limitée vers le fond par un rideau de verdure s'estompant dans les lointains vaporeux.

Ciel mouvementé, chargé de nuages.

Signé à droite : *J. Dupré*.

Sur le châssis, la dédicace de l'artiste.

Toile. Haut., 32 cent.; larg., 24 cent. 1/2.

J. Dupré

DUPPÉ

La Chaumière.

Nº 2. — *La Chaumière.*

Nº 3. — *La Visite au Couvent.*

Nº 4. — *Village au bord de la mer.*

ISABEY
(EUGÈNE)
1803-1886

3 — *La Visite au couvent.*

Les bâtiments d'une communauté religieuse occupent la droite d'une place, limitée au fond par une église dont le clocher se profile sur le ciel clair.

Au seuil du couvent, abrité par un portique orné de sculptures, trois religieuses, vêtues de mantes blanches, accueillent les deux cardinaux qui viennent visiter la communauté.

Au premier plan, un groupe de fidèles dont quelques-uns sont agenouillés, attendent le passage des hauts dignitaires de l'église et semblent implorer leur béné-diction.

Signé à gauche et daté: *E. Isabey, 1862.*

Panneau. Haut., 24 cent.; larg., 19 cent.

ISABEY
(EUGÈNE)

4 — *Village au bord de la mer.*

Sur la plage où sont échouées quelques barques de pêche, une charrette attelée d'un cheval blanc stationne sous la garde du conducteur en train de rajuster les harnais des deux autres chevaux qu'il va atteler en flèche.

Les maisons du village, aux toits d'ardoise, sont disséminées sur la dune qui contourne la baie.

A droite, près du bord d'un talus, plusieurs villageoises sont assises et causent.

A gauche, au delà de la baie, une pointe de terre s'avance dans la mer.

Signé à droite : *E. Isabey.*

Toile. Haut., 43 cent.; larg., 60 cent.

JONGKIND

(J.-B.)

1819-1891

5 — *Canal à Rotterdam ; effet de lune.*

Dans une éclaircie du ciel crépusculaire et très mouvementé, la lune vient d'apparaître et ses rayons argentés se reflètent dans le canal où un voilier est amarré au pilotis massif qui émerge vers la gauche. Quelques marches de pierre conduisent au canal, où des servantes, vêtues de costumes clairs, viennent puiser de l'eau.

Plus loin, sous la rangée d'arbres s'alignant le long du quai, les maisons où quelques lumières brillent aux fenêtres.

Au premier plan, sur le canal, une barque est montée par un homme pêchant à l'épervier. A droite, un pont à balustrade peinte en blanc.

Tout au loin, la silhouette d'un pont-levis s'estompe dans la brume.

Signé à droite et daté : *Jongkind, 1873.*

Toile. Haut., 1 m. 15; larg., 85 cent.

Nº 5. — *Canal à Rotterdam : effet de lune.*

N° 6. — Dans les Polders, environs de Rotterdam

N° 7. — Le Chemin de halage

JONGKIND

(J.-B.)

6 — *Dans les polders ; environs de Rotterdam.*

Bordé à droite par une prairie où paissent de nombreux bestiaux, le tournant d'un canal occupe le premier plan.

Vers la gauche, deux fillettes se tiennent sur la berge, à proximité d'un canot amarré près d'un bouquet de saules. Sur le canot, deux grandes bouteilles en cuivre qui servent à transporter le lait à la ville.

Au fond, les bâtiments et l'enclos d'une ferme se profilent sur le ciel doré par les lueurs du soleil couchant.

Signé à gauche et daté : *Jongkind, 1872.*

Sur le châssis, inscription par l'artiste : *Polder van Bloemersdyk, près de Rotterdam (Hollande).*

Toile. Haut., 36 cent.; larg.. 49 cent. 1/2.

JONGKIND

(J.-B.)

7 — *Le Chemin de halage.*

Longeant le canal, dont la gauche est bordée par une rangée de peupliers élancés, un cheval blanc, monté par un homme, se dirige vers le fond. Plus loin, à travers les arbres, on aperçoit les bâtiments et les cheminées d'une usine.

A droite, un groupe de maisons domine la plaine où sont disséminés quelques bouquets d'arbres.

De grands nuages traversent le ciel.

Signé à droite et daté : *Jongkind, 1864.*

Toile. Haut.. 33 cent.; larg., 46 cent.

2

JONGKIND

(J.-B.)

8 — *Le Canal de l'Ourcq, près de Pantin.*

Plusieurs baigneurs prennent leurs ébats dans les eaux calmes du canal. L'un d'eux, assis sur la berge, se repose des fatigues de la natation.

A droite, dans un terrain vague, une chétive masure, construite en planches, porte comme enseigne, l'inscription : *Vins*, tracée en grandes lettres.

A gauche, sur l'autre rive, une rangée d'arbres borde le chemin de halage où une péniche est amarrée.

Au loin, les panaches de fumée de quelques cheminées d'usines se détachent sur le ciel lumineux.

Signé à gauche et daté : *Jongkind, 1871.*

Sur le châssis, cette inscription par l'artiste : *Canal de l'Ourcq, près Pantin, avant la guerre de 1870.*

Toile. Haut., 33 cent.; larg., 46 cent.

N° 9. — *Le Pont-Neuf.*

N° 8. — *Le Canal de l'Ourcq, près de Pantin.*

JONGKIND

(J.-B.)

9 — *Le Pont-Neuf.*

Au premier plan, le fleuve où quelques chevaux, montés par leurs conducteurs, sont conduits à la baignade.

Plus loin et vues de profil, les arches massives du pont aboutissent au terre-plein où s'élève la statue de Henri IV.

Dominant le parapet, les maisons du quai des Orfèvres se détachent sur le ciel clair traversé par de légers nuages.

Signé à gauche et daté : *Jongkind, 1851.*

Sur le châssis, cette inscription de l'artiste : *Le Pont-Neuve (sic) à Paris, 3 février 1851, rive gauche, avec la statue de Henri IV. Au fond, le côté de Paris, quai des Orfèvres, etc.*

Toile. Haut., 37 cent.; larg., 52 cent.

JONGKIND

(J.-B.)

10 — *L'Embouchure de l'Escaut; temps calme.*

Vers la droite de l'Escaut qui occupe tout le premier plan, un canot, monté par quatre hommes, se dirige vers un navire au pavillon tricolore et dont la voilure est en partie carguée.

A gauche, une pointe de berge, où sont espacés quelques peupliers, s'avance vers le milieu de la rivière où un bateau, toutes voiles carguées, est à l'ancre.

Au fond, à droite, une rangée d'arbres borde la rive lointaine.

Les eaux limpides reflètent la clarté intense du ciel parsemé de quelques nuages.

Signé à droite et daté : *Jongkind, 1866.*

Toile. Haut., 35 cent.; larg., 57 cent.

JONGKIND

(J.-B.)

11 — *Paysage aux environs de Rotterdam.*

Vers la droite d'une prairie, un cheval et une vache
se tiennent à proximité d'une auge en bois.

A gauche, un bout de clôture aux planches disjointes
limite la berge marécageuse d'un ruisseau. Plus loin,
une ferme abritée par un bouquet d'arbres et une meule
protégée par un toit de chaume.

Au fond, à droite, au delà des pâturages où sont disséminés des bestiaux, la silhouette d'un moulin.

Ciel couvert de quelques nuages, atténuant à peine
l'éclat d'une belle journée d'été.

Signé à droite et daté : *Jongkind, 1868.*

Toile. Haut., 24 cent. 1/2 ; larg., 32 cent. 1/2.

POINTELIN

(A.-E.)

12 — *La Côte normande.*

A droite, le talus gazonné d'une falaise limite la soli-
tude d'un terrain qui s'étend vers la gauche jusqu'au
bord de la mer.

Signé à droite : *A. Pointelin.*

Panneau. Haut., 23 cent.; larg., 36 cent.

TASSAERT

(O.)

1800-1874

13 — *Pauvres enfants.*

Épuisée par la fatigue, s'appuyant des genoux au lourd fagot qu'elle vient de poser à terre, une jeune fille, coiffée d'un bonnet blanc, les épaules couvertes d'un mince châle de laine, est assise sur le seuil d'une maison, au bord d'un chemin couvert de neige.

Un garçonnet, transi de froid, cherche protection près de la jeune fille et se blottit contre elle.

Signé à droite et daté : *Tassaert, 1855.*

Haut., 32 cent.; larg., 24 cent. 1/2.

Cité sous le n° 163, dans : *Octave Tassaert,* notice sur sa vie et catalogue de son œuvre, par Bernard Prost. Paris. Baschet, 1886.

Aquarelles et Dessins

BUTIN
(ULYSSE)
1838-1883

14 — *Femme de pêcheur au bord de la mer.*

Accompagnée d'une enfant, une femme de pêcheur
se dirige vers la droite de la plage où quelques bateaux
de pêche sont échoués sur le sable.

Dessin au crayon noir.

Signé à gauche et daté : *Ulysse Butin, 1880.*

Haut., 38 cent. 1/2; larg., 53 cent.

DUPRÉ

(JULES)

1812-1889

15 — *Une Ferme en Normandie.*

Vers la gauche du premier plan, les bestiaux viennent
s'abreuver à une mare bordée de hautes herbes et de
quelques plantes aquatiques.

A droite, un grand chien traverse le chemin qui
longe les dépendances de la ferme où les ouvriers, aidés
par quelques femmes, rentrent la moisson.

Au fond, sous les grands arbres, la rustique maison
d'habitation normande à pans de bois et au toit de tuiles.

Ciel parsemé de nuages.

Signé à droite : *Jules Dupré.*

Aquarelle.

Haut., 19 cent. 1/2 ; larg., 34 cent.

CHARLES JACQUE — N. 46 — La Bergerie

JULES DUPRÉ. — N° 15. — *Une ferme en Normandie*

CHARLES JACQUE. — N° 16. — *La Bergère*

JACQUE
(CHARLES)
1813-1894

16 — *La Bergère.*

Au premier plan d'un paysage d'été, quelques arbres espacés en bordure d'un pré verdoyant, où une jeune bergère, sa houlette à la main, s'appuie à un saule.

Disséminés sous les arbres qui limitent la plaine s'étendant vers la gauche, les moutons du troupeau, surveillés par un chien, broutent l'herbe abondante.

A droite et au delà des arbres, une colline monte vers le fond du paysage.

Signé à droite : *Ch. Jacque.*

Aquarelle. Haut., 21 cent.; larg., 32 cent. 1/2.

TASSAERT

(OCTAVE)

1800-1874

17 — *La Lecture de la Bible.*

Installée dans un fauteuil, la mère de famille fait à ses enfants, réunis autour d'elle, la lecture de la Bible.

A gauche, près de la fenêtre, une jeune fille tient, appuyé sur ses genoux, le plus jeune de ses frères. Un autre garçon est assis à ses pieds, à côté d'un grand cerf-volant.

Signé du monogramme à gauche.

Dessin rehaussé.

Haut., 26 cent. ; larg., 33 cent. 1/2.

Cité sous le n° 424, dans *Octave Tassaert*, notice sur sa vie et catalogue de son œuvre, par Bernard Prost, Paris, Baschet, 1886.

TASSAERT
OCTAVE

17 — *La Lecture de la Bible.*

Cité sous le n° 424, dans *Octave Tassaert*, notice sur sa vie et catalogue de son œuvre, par Bernard Prost. (Paris, Baschet, 1886.)

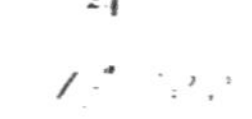

22   21   22

Objets d'Art & d'Ameublement

PORCELAINES DE CHINE
FAIENCES

18 — PLAT en ancienne faïence de Rhodes, décor de fleurs.

Diam., 3o cent.

19 — AUTRE analogue. Même faïence.

Diam., 3o cent.

20 — DEUX FLAMBEAUX en porcelaine de Saxe, à compartiments de fleurs et paysages.

Haut., 25 cent.

21 — DEUX VASES à pans, avec couvercles en ancienne porcelaine de Chine, époque Kang-hi (1662-1723),à décor d'animaux chimériques, rochers et fleurs.

Haut., 42 cent.

22 — DEUX VASQUES rondes, légèrement évasées, en ancienne porcelaine de Chine, décorées chacune d'arbustes, de branchages, de fruits, de fleurs et d'oiseaux avec feuillages sur la bordure. Nien-hao de Kang-hi.

Haut.. 34 cent.; diam., 6o cent.

23 -- VASQUE ronde, en ancienne porcelaine de Chine. décorée de poissons et de feuillages, avec bordure à petits lambrequins.

Haut., 3o cent.; diam., 40 cent.

24 — GRAND VASE balustre, en ancienne porcelaine de Chine, présentant, sur la panse, des guerriers combattant, et sur le col, la trinité Taoïque.

Haut., 78 cent.

25 — VASE-ROULEAU en ancienne porcelaine de Chine. décoré de divinités et de personnages, avec paysages sur le col.

Haut., 43 cent.

26 — VASE-ROULEAU en ancienne porcelaine de Chine, présentant sur la panse des personnages faisant de la musique. Paysage au col.

Haut., 45 cent.

27 — VASE-ROULEAU en ancienne porcelaine de Chine, présentant un mandarin donnant une audience. Petits paysages sur le col.

Haut., 46 cent.

28 — VASE-ROULEAU en ancienne porcelaine de Chine, décoré sur la panse de scènes familiales, d'habitations et d'arbustes. Sur l'épaulement et le col, carrelages interrompus par des médaillons. Monture en lampe en bronze, par Barbedienne.

Haut. du vase, 43 cent.

29 — CORNET en ancienne porcelaine de Chine, décoré de scènes familiales sur la panse et sur le col.

Haut., 45 cent.

30 — QUATRE PLATS creux, en ancienne porcelaine de Chine, ornés chacun, dans un paysage, d'un kilin et d'un fong-hoang.

Diam., 35 cent.

31 — CORNET en ancien céladon gris verdâtre de la Chine, gaufré sous couverte, à décor de feuillages.

Haut., 45 cent.

32 — GARNITURE composée de deux potiches avec couvercles et de deux cornets en ancienne porcelaine de Chine, époque Kien-lung (1736-1796), décorés, sur fond côtelé, de réserves à paysages, de fleurs et de lambrequins.

Haut., 43 cent. et 38 cent.

33 — DEUX CORNETS en ancienne porcelaine de Chine, époque Kien-lung, décorés de fleurs, oiseaux et lambrequins. Montés en lampes en bronze.

Haut. des cornets, 45 cent.

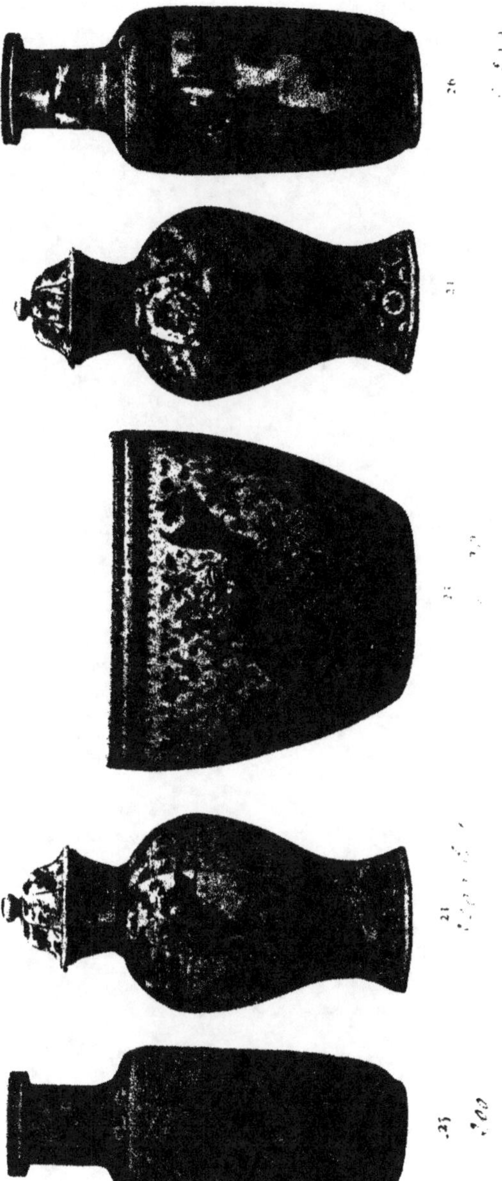

[illegible]

[illegible] [illegible] en bronze, par l'ambellisseur.

[illegible]

[illegible]

[illegible]

[illegible]

25
21
23
21
26

34 — CORNET en ancienne porcelaine de Chine, époque Kien-lung, décoré de scènes familiales sur la panse et le col.

Haut., 45 cent.

35 — VASE en ancienne porcelaine de Chine, époque Kien-lung, décoré d'un grand paysage et d'une réserve contenant deux divinités, sur fond rouge chargé de rinceaux dorés.

Haut., 49 cent.

36 — CORNET en ancienne porcelaine de Chine, époque Kien-lung, décoré de groupes de divinités sur la panse et le col, avec arbustes au revers.

Haut., 44 cent.

37 — CORNET en ancienne porcelaine de Chine, époque Kien-lung, branches fleuries et oiseaux sur fond vert gravé.

Haut., 42 cent.

38 — DEUX GROSSES POTICHES à pans, avec couvercles, en ancienne porcelaine du Japon, décorées de grosses fleurs et de branchages.

Haut., 65 cent.

ORFÈVRERIE

39 — PETIT VASE avec couvercle et sur pied, en argent repoussé, simulant un fruit. Allemagne, XVIIe siècle.

Haut., 29 cent.

40 — AUTRE analogue, avec serpent enroulé autour du pied. Allemagne, XVIIe siècle.

Haut., 30 cent.

41 — VASE en argent repoussé et partiellement doré, décoré sur la bordure de scènes tirées de la vie de Joseph. Pied formé d'une figurine d'homme debout. Allemagne, XVIIe siècle.

Haut., 28 cent.

42 — VASE de forme ovale, sur pied et avec couvercle. Il est décoré d'un carrelage à motifs dits pointes de diamants, et la tige est accostée de volutes. Nuremberg, xviie siècle.

Haut., 29 cent.

43 — HANAP en argent gravé et doré, orné de figures d'apôtres et de feuillages. Nuremberg, xviie siècle.

Haut., 16 cent.

44 — GRAND GOBELET sur pied, en argent repoussé et doré, à décor de personnages au milieu de rinceaux, avec inscription allemande et date : *1612*. Augsbourg, xviie siècle.

Haut., 23 cent.

45 — VASE sur pied, en argent gravé et doré, orné d'un lambrequin à figures allégoriques, avec godrons au culot et mascarons sur la tige. xviie siècle.

Haut., 25 cent.

46 — VASE sur pied en argent repoussé, à côtes en spirale et rocailles. Augsbourg, xviiie siècle.

Haut., 31 cent.

47 — GOBELET sur pied en argent repoussé, gravé et doré, à décor de bossages. Augsbourg, xviiie siècle.

Haut., 20 cent.

48 — PETIT VASE sur pied et avec couvercle, en argent repoussé et gravé à bossages et feuillages. xviiie siècle.

Haut., 29 cent.

49 — HANAP en argent repoussé et partiellement doré, à décor de divinités, dans des compartiments de rocailles. Allemagne, xviiie siècle.

Haut., 22 cent.

50 — HANAP-CASQUE avec bassin en argent, à décor de côtes contournées. Augsbourg, xviiie siècle.

Haut, 23 cent.

51 — PETIT GOBELET sur pied en argent repoussé, gravé et doré à bossages. Allemagne, xviiie siècle.

Haut., 16 cent.

SCULPTURES
PENDULES — BRONZES

52 — Buste en marbre blanc, grandeur nature : jeune fille, la tête inclinée vers l'épaule gauche. Signé : *Wm Couper. Florence, 1882.*

Haut., 53 cent.

53 — Groupe en terre cuite : jeune fille et amour. Signé : *Mathon, 1882.*

Haut., 75 cent.

54 — Groupe en terre cuite : jeune femme et enfant. Signé : *Mathon, 1880.*

Haut., 70 cent.

55 — Pendule sur socle applique en marqueterie de cuivre et d'écaille garnie de bronzes : fleurs, encadrements, rocailles. Époque Louis XV.

Haut., 1 m. 20.

56 — Pendule en marbre blanc et bronze doré à mouvement, porté par une statuette de l'Amour ayant son arc et son carquois à ses pieds. Cadran signé : *Hubschmann.* Commencement du xixe siècle.

Haut., 40 cent.

57 — Pendule en bronze doré et marbre vert de mer, présentant le char de Diane traîné par deux chiens. Base décorée de rinceaux. Commencement du xixe siècle.

Haut., 47 cent.; larg., 53 cent.

58 — Deux candélabres à trois lumières, en bronze patiné et doré et marbre vert de mer, formés chacun d'un vase de flammes, porté par un groupe de trois femmes adossées. Commencement du xixe siècle.

Haut., 78 cent.

59 — Pendule, deux candélabres et deux coupes en bronze et marbre bleu turquin ; amours et colonnettes. Maison Raingo.

Haut. de la pendule, 44 cent.

MEUBLES — TAPISSERIES

60 — Commode à trois rangs de tiroirs, en bois de placage, garniture de bronzes, dessus de marbre. Époque Louis XV.

Larg., 1 m. 3o.

61 — Petit meuble à portes et tiroirs en bois de placage, décoré de panneaux de laque du Japon et garni de bronzes dorés. Style Louis XVI. Maison Dasson, 189o.

Haut., 1 m. 25 ; larg., 1 m. o5.

62 — Petit bureau à cylindre, en acajou, garni de bronzes dorés. Dessus de marbre.

Larg., 87 cent.

63 — Console en bois doré, décor de carquois et draperies. Dessus de marbre.

Larg., 1 m. 3o.

64 — Portière formée d'un fragment de tapisserie flamande de la fin du xvie siècle, à personnages, sur fond de paysage.

Haut., 2 m. 35; larg., 1 m. 3o.

65 — Tapisserie flamande du xviiie siècle : Narcisse se mirant dans la fontaine ; fond de verdure ; bordure marron, à feuillages, fruits et fleurs.

Haut., 3 mètres ; larg., 2 m. 20.

66 — Tapisserie verdure flamande du xviiie siècle ; bordure à fleurs et feuilles.

Haut., 3 m. 20; larg., 2 m. 40.

RED. :

27

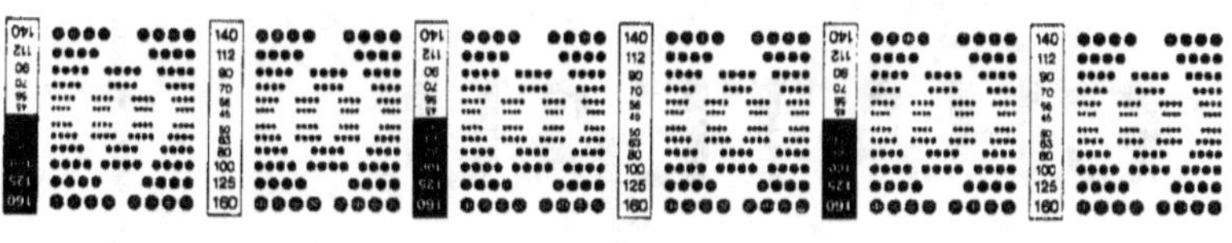

140 112 90 70 56 45 63 80 100 125 160
MIRE ISO N° 1
NF Z 43-007
AFNOR
Cedex 7 - 92080 PARIS-LA-DÉFENSE
graphicom
3793970
0 1 2 3 4 5 6 7 8 9 10